♪ 하하호호 ♪ 웃고 살면
인생 대박 ~

멋진 날을 위하여

행복 디자이너 최윤희의
유쾌한 인생사전

행복 디자이너 최윤희의

유쾌한 인생사전

글 **최윤희** 그림 **전용성**

나무생각

'행복 디자이너' 최윤희의 매력

남희석(방송인)

방송국에서 만나는 출연진 중에는 참으로 재미있는 사람들이 많다. 나름대로 각자 영역에서 썰 좀 풀고, 구라 좀 날린다는 인간들이 모여 누구 기가 더 센지 겨루는 곳이다. 가끔 보면 너무 심성이 착한 예능인들이 내공 8단들 사이에서 기웃거리다 칼 한 방 맞지 않고도 시체가 되곤 한다.

3시간 녹화 동안 방청객보다 더 조용히 앉아 있다가 나가는 어린 새싹들을 볼 때면 가슴이 미어지기도 하지만, 그 와중에 솔비처럼 처음 등장하자마자 김구라와 박명수에게 강펀치를 날리는 심장 튼튼한 새내기들이 등장하기도 한다. 그 어떤 곳보다 치열한 생존 경쟁이 있는 곳이 방송국이 아니겠는가. 1997년도에 전유성 씨는 이렇게 말했다.

"앞으로는 구라 잘 치고 잡담 맛있게 하는 사람들이 살아남을 거야."

진짜 요즘은 어느 분야고 말 잘하는 사람이 성공하는 시대인 것

같다. 요즘 나는 어떤 이의 구라에 푹 빠져 있는가 하면, '행복 디자이너'라는 타이틀을 앞에 갖고 있는 '최윤희'라는 엄청나게 예쁘지 않은 아줌마에게 매료되어 있다. 그녀는 나이도 겁나 많으신 것 같은데 머리를 녹색으로 염색하고 다닌다.

한때는 형편이 너무 어려워 희망 제로 상태에서 에라이 '죽어불자!' 맘을 먹고 아들을 불러 세트로 죽으려 했는데, 어린 아들이 "엄마 왜? 빨리 말해. 나 지금 애들하고 노는데 너무 재밌어. 빨리 나가야 해!"라는 말을 듣고 자살 포기.

38세까지 평범한 주부로 살다가 카피라이터 시험에 응시. 희한한 이력서로 1,331 대 1의 경쟁을 뚫고 합격. 카피라이터가 되어 광고 일을 하다 53세에 펜이 아닌 입으로 카피라이터 일을 시작. 현재 대한민국에서 가장 바쁜 강사. 차 없고, 비싼 옷 없고, 미모 없고. 암튼 열악한 조건이신데 참 강한 소머즈 같은 여성이다.

사실 행복을 주창하거나 '웃으면 복이 와요~'를 외치는 강사는 종교 단체 포함 우리나라에 열라 많다. 그러나 그녀에겐 그 누구와도 비교 못할 매력이 있다. 사람을 살리는 힘 같은 것이다.

요즘 연예오락 프로그램에서 수없이 쏟아져 나오는 웃음은 사실 나를 포함하여 쓸 만한 말이나 의미를 갖기는 어렵다. 공력도 안 되려니와 일회성 그 이상도 이하도 아니다.

그러나 '최윤희'라는 사람의 말은 치유 능력을 갖고 있는 것 같다. 죽고 싶은 자, 이혼하고 싶은 자, 행복이라고는 눈곱만큼도 찾을 수 없어 죽는 게 하늘의 선물이라고 생각하는 이에게 희망의 불씨를 준다. 본인이 말한다.

"내가 이효리처럼 생겼으면 사람들이 날 좋아했겠어요?"

이런 분이 방송에 나와 라디오와 TV를 휩쓸고 다니는 것은 참으로 좋은 현상이다. 그간 어른들이 볼 만한 프로그램이 드라마나 뉴스에 한정되어 있었다면, 이제 어른들도 TV 앞에서 살아가는 이야기, 재미있는 이야기를 보며 웃을 수 있는 좋은 계기가 되지 않겠는

가. 나 역시 '최윤희'라는 인물을 보며 힘을 얻고 기운을 낸다.

'행복은 셀프다. 내가 직접 꾸미고 가꾸는 것이다. 인생의 프로가 되느냐 포로가 되느냐는 점 하나 찍느냐 마느냐 하는 단순한 일이다.' 등 주옥같은 명언이 많으나 모두 나열하는 것은 도저히 불가능하오니 그만 이 책을 펼치라.

이눔의 인생~ 앗싸!!

나는 이담에 자라서 어른이 되면(?) 아마도 아인슈타인이 될 모양이다. 궁금증, 호기심이 날마다 무럭무럭 자라나서 주체할 수 없을 지경이다. 내 이마에 팻말을 붙인다면 '호기심 다발지역'이라고 써 붙여야 한다.

그래서일까? 나는 광고회사 다닐 때도 직원들에게 날마다 질문을 던지곤 했다.

인생을 뭐라고 생각해요?

사람들에 따라서 대답은 다 달랐다.

서바이벌 게임요, 모래성요, 물안개요.

그 다음날에도 나는 또 물었다.

도대체 인생이 뭘까?

아휴, 짓궂기도 하셔라. 어제 대답했는데 또 해야 해요?

나는 눈을 동그랗게 뜨고 반문했다.

아니, 오늘의 당신이 어떻게 어제의 당신하고 똑같아요? 저 하늘도, 저 구름도, 저 나무도 이미 달라졌잖아요? 당신의 인생에 대한 느낌도 달라져야 마땅하지.

그렇다. 인생은 어제 다르고, 오늘 다르다. 아니 오늘 하루만 해도 수시로 달라진다. 손오공의 요술봉처럼 술술 잘 풀리다가도 시시포스의 거대한 바위처럼 암담한 숙제로 느껴지기도 한다. 엉겅퀴처럼 씁쓸하기도 하고, 초콜릿처럼 달콤하기도 하다. 얽힌 실타래 같기도 하고, 확 트인 초록 들판 같기도 하다. 라일락꽃 향기 같기도 하고, 시궁창에 막혀 있는 머리카락 같기도 하다.

누구에게나 딱 한 번의 인생이고, 공평하게 하루 24시간이 주어진다. 그런데 어찌하여 이렇게도 다를 수 있을까?

그것이 바로 인생의 미스터리~

미국의 생화학자 돌프 M. 바인더 박사는 재미있는 연구 분석을 했다. 사람의 몸이 불과 '중고 라디오 한 대 값'에도 못 미친다는 사실이다. 그의 주장에 의하면 고작 2~3천 원 정도?

우리 몸의 주성분을 그는 다음과 같이 발표했다.

새장 한 개 청소할 정도의 석회, 장난감 대포 한 방 쏠 정도의 칼륨, 약 한 봉지 정도의 마그네슘, 성냥개비 2천 개 정도의 인(燐), 못한 개 정도의 철, 컵 한 잔 가득 채울 만한 설탕, 세숫비누 5장 정도의 지방.

그러니 잘난 척하고 으스댈 것도 없고, 못났다고 기죽을 필요도 없다.

어떤 산에 유명한 도사가 살고 있었다. 한 청년이 찾아가 물었다.

도사님, 인생을 어떻게 살아야 할까요?

도사의 대답은 아주 간단했다.

짜샤, 그냥 살아!

저도 도사님의 제자가 되어 산에서 살면 안 될까요?

짜샤, 너도 이 모양 이 꼴로 찌그러지고 싶나?

살아 있는 한 인생의 미스터리는 계속된다. 제아무리 유명한 도사님도 인생의 정답을 알려줄 수는 없다. 어떤 날은 개미 똥꼬처럼 쪼잔한 인생이었다가 또 어떤 날은 스핑크스처럼 거대한 신비가 될 수도 있다. 납작 쥐포 같던 인생도 팝콘처럼 고소하게 부풀어오를 수 있다. 나 역시 입술은 황진이처럼 대담하지만 실제 행동은 신사임당처럼 요조숙녀다. 그래서 신기하고 신비스러운 인생, 그래서 살아볼 만한 가치가 있는 인생 아니겠는가!

사람은 누구나 비슷한 눈·코·입을 가지고 태어났지만 인생의 프로그램은 완전 다르다. 김장훈처럼 기부 천사도 있고, 강호순처럼 악마 같은 살인자도 있다. 채송화처럼 함초롬하게 사는 사람도 있고, 스피커처럼 시끄럽게 사는 사람도 있다.

언젠가 내가 〈아침마당〉에 나가서 새벽마다 동네 뒷산에 오른다는 이야기를 했다. 그후로 새벽에 인생 상담을 하러 오는 사람들이 꽤 있다. 대구, 부산에서도 온다. 얼마 전 32살 젊은 여자가 나를 찾아왔다. 나를 보자마자 손목부터 보여줬다.

선생님, 3번을 그었어요. 날마다 죽고 싶어요.

나는 그녀를 야단쳤다.

너만 죽고 싶냐? 나도 옥상에서 떨어져 지구를 영원히 떠나고 싶을 때가 많다. 그러나 옥상에서 떨어지다가 다리만 부러지고 살아나면 어쩔 것인가? 죽으려고 약을 먹었는데 응급실에 실려 가서 위세척하고 살아나면 어쩔 것인가? 오히려 건강만 더 나빠질 뿐이다. 그래서 산다. 어차피 살아야 한다면 웃고 사는 게 낫지 않겠는가!

김장훈 콘서트에 갔더니 김장훈이 이런 말을 했다.

이 세상에 서럽지 않은 사람이 과연 한 사람이라도 있을까요?

나이도 어리고, 화려한 연예계에서 살고 있는 사람 입에서 어찌 이리도 빛나는 언어, 찬란한 발효 언어가 튀어나올 수 있을까.

그렇다. 이 세상에 슬프지 않은 사람은 없다. 승승장구 사업이 잘 풀려가는 한 중소기업 CEO도 나에게 하소연을 해왔다.

저는 요즘 우울증에 빠졌어요. 그래서 정신과에 갔더니 각종 조사를 하더군요.

그래서 좀 나아지셨나요?

아뇨, 아직 그저 그래요.

인생이 슬퍼지면 노래를 하자. 돈 워리, 비 해피~

콧노래를 흥얼거리다 보면 유쾌한 에너지가 몸 안에 찰랑찰랑 들어온다. 인생이 뭐 별건가? 울다가 노래하고 웃다가 주르륵 두 뺨을 적시면서 사는 것. 그래서 우리는 '아이쿠, 이눔의 인생……' 원망의 발차기를 하다가도 '앗싸~' 노래하고 춤도 춰야 한다.

아…… 이눔의 인생, 앗싸!!

힘들 때는 생각하자,
이 비가 그치고 나면
파란 하늘에 무지개 뜰 거야.
이 엄동설한 지나고 나면
꽃피고 새 우는 봄이 찾아올 거야.

1
'금'메달 리스트와 '똥'메달 리스트

2008년 베이징올림픽 야구 준결승에서

한국은 일본에게 2 대 0으로 지고 있었다.

그 순간 이승엽 선수가 역전 홈런을 날려서

우리는 결승에 진출했고 금메달을 획득했다.

인생도 야구와 비슷하다. 각본 없는 드라마.

9회 말이 끝나기 전까지 어느 누구도 단언할 수 없다.

지금은 잘나가고 있지만 대충대충 살면 9회 말에 꽝~ 할 수 있다.

지금은 어려워도 죽기살기 노력하면 9회 말에 짱! 할 수 있다.

우리는 모두 인생 올림픽에 출전한 선수들.

'어떻게 사느냐'에 따라

'금'메달 리스트가 될 수도 있고 '똥'메달 리스트가 될 수도 있다.

금메달은 무엇으로 만드는가? 금.덩.어.리!

똥메달은 무엇으로 만드는가? 똥.덩.어.리!

선택은 당신에게 달렸다.

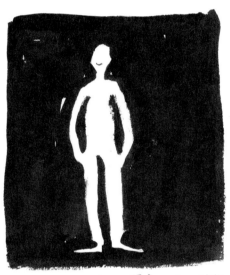

하늘에 계신 아버지. 당신의 뜻을 의심치 않습니다
일쓰
2009

2
학벌

어떤 여성이 내게 이메일을 보냈다.

저는 전문대밖에 졸업하지 못했어요.

취업하기도 힘들고…… 어떻게 살아야 할지 막막해요.

나는 답장을 보냈다.

낡은 고정관념을 버리세요.

숨막히는 편견을 깨부수세요.

이 시대의 학력은 열정과 도전정신이랍니다.

하버드를 나왔어도 열정과 도전정신이 없으면 꽝~

학교를 안 나왔어도 열정과 도전정신만 넘치면 짱!

까짓 학벌이 뭐 그리 중요한가요?

3
인생 등급

인생에도 초급반, 중급반, 고급반이 있다.

- 초급반＝척생척사

  척에 살고 척에 죽는다.

  있는 척, 아는 척, 잘난 척. 한심한 사람!
- 중급반＝땀생땀사

  땀에 살고 땀에 죽는다.

  죽기살기 열심히 일한다. 아름다운 사람!
- 고급반＝공생공사

  인생은 '공수래공수거(空手來空手去)'라고 생각한다.

  더불어 살고 나누며 산다. 위대한 사람!

4

마일리지

삶에도 마일리지가 있다.

고통의 마일리지, 슬픔의 마일리지, 역경의 마일리지,

도전의 마일리지, 배려의 마일리지, 희생의 마일리지,

봉사의 마일리지……

그 마일리지가 쌓이면

스스로에게 빛나는 인생 훈장을 줄 수 있다.

그러므로 마일리지는 다다익선(多多益善).

쌓이면 쌓일수록

인생은 향기롭고, 정화되고, 고요해진다.

이른바 소쇄(瀟灑)의 경지!

오늘도, 또 오늘이다.
이내
2009

5
공감

개구쟁이 아들에게 엄마가 말했다.

－너 왜 공부 안 하고 놀기만 해?

　공부를 열심히 해야 나중에 훌륭한 사람이 될 수 있어.

　1등을 해야 네 꿈을 이룰 수 있다고!

개구쟁이 아들이 대답했다.

－엄마는 되고 싶은 거 됐나요? 아니잖아요!

나를 비웃지 마요. 이보
2009

6
이런 못난 놈!

한 청년이 여자 친구를 집에 데려왔다.

– 결혼을 허락해 주십시오.

  6년 동안 만나왔는데 이 사람이 덜컥 임신을 해버렸어요.

그러자 아버지가 벌컥 화를 냈다.

– 이놈의 자슥, 가문에 먹칠을 해도 유분수지!

어머니는 기어들어가는 목소리로 말했다.

– 아휴, 조심 좀 하지 그랬냐…….

그때 할아버지가 큰 소리로 말했다.

– 이런 못난 놈!

  6년이나 만나면서 그래 애를 겨우 하나빼기 못 맹글어?

그 말 한마디에 모든 것이 '쿨' 하게 끝나버렸다.

인생은 그런 것이다.

심각하게 생각하면 하루도 살 수 없다.

그러나 통 크게 생각하면 그 어떤 것도 사소한 일이 된다.

사업하다 망해도 할아버지처럼 생각하면 일이 술술 풀린다.
이런 못난 놈! 긴 인생 살다보면 망할 수도 있는 거지,
겨우 한두 번 망했다고 엄살이여?

7

마음의 신비

한 중년 신사가 기차 여행을 하고 있었다.

다섯 살쯤 되어 보이는 어린아이가 기차 안을 휘젓고 다녔다.

─아휴, 저 녀석은 왜 저리도 정신없지?

마침 그때 아이가 들고 있던 음료수 캔을

신사의 바지 위에 쏟고 말았다.

─이 녀석, 네 엄마 아빠 어딨어?

그 아이가 손가락으로 가리킨 곳에는

눈이 벌겋게 충혈된 젊은 남자가 창밖을 바라보며 앉아 있었다.

─애 교육 좀 제대로 시키세욧!

─죄송합니다. 제가 지금 애 엄마를 땅에 묻고 오는 길이라…….

　용서해 주십시오…….

그 말을 들은 중년 신사는 아이를 빨리 품에 안았다.

─아이고, 기특한 녀석!

　아저씨가 맛있는 거 사줄 테니 실컷 떠들고 놀아라!

사람의 마음은 바로 이런 것이다.

극에서 극으로 순식간에 달라질 수 있다.

미움이 사랑으로, 절망이 희망으로,

'빛의 속도'로 바뀔 수 있다.

8
죽어도 못 죽어!

나의 남편은 하는 일마다 쪽쪽쪽~ 망했다.

날마다 죽음을 생각했다. 가족 동반 자살.

그러나 아이들의 해맑은 눈빛을 보면 차마 그럴 수 없었다.

설상가상 남편은 망하는 것도 모자라

큰 수술을 두 번이나 했다.

산에서 미끄러져 다리가 부러졌고 못을 4개나 박았다.

고통, 역경, 슬픔, 절망, 불행이 떼거지로 몰려들자

나는 오히려 분기탱천, 오기가 생겼다.

죽어도 못 죽어!

기필코 살고 말 거야!

만약, 그때 죽었으면 어쩔 뻔했는가?

그때는 이렇게 '화려 + 찬란' 한 나의 미래를

상상도 하지 못했다.

지금 나는 행복 해발 8천 미터,

행복의 히말라야 최고봉에 올랐다.

최윤희뿐 아니라 누구에게나 기적은 일어날 수 있다.
바로 그것이 인생의 신비다.

9
당신은 어떤 사람?

얼룩말로 태어났는데 개구리처럼 살아가는 사람.
호랑이로 태어났는데 빈대처럼 살아가는 사람.
사자로 태어났는데 살모사처럼 살아가는 사람.
코뿔소로 태어났는데 바퀴벌레처럼 살아가는 사람.
공작처럼 태어났는데 꽃뱀처럼 살아가는 사람.

사람들 살아가는 모습을 보면 정말 각양각색이다.
나는 본래 무엇으로 태어났을까?

10
인생 타짜

한 끗 패로 장땡 물 먹이는 것이 타짜다.
가진 것 하나 없어도 결코 기죽지 않는 사람.
최악의 조건에서도 절대 포기하지 않는 사람.
장애물의 샅바를 붙잡고 확~ 뒤집어버리는 사람.
그런 사람이 바로 인생 타짜가 아닐까?

11

미쳐라!
미치면 미치고
안 미치면 못 미친다

미친다는 것은 자신의 모든 것을 다 뽑아낸다는 것.

그래서 미친 듯 살면 끝까지 다다라 성공한다.

안 미친다는 것은 적당적당~ 대충대충~ 사는 것.

안 미치면 못 미치고, 실패할 수밖에 없다.

가수 이문세와 라디오 방송을 할 때 내가 그랬다.

─책 읽을 때, 영화 볼 때마다 넘넘 행복해서 미치겠어요!

이문세가 그랬다.

─선생님, 그 열정에 어떤 것에는 안 미치시겠어요?

푸하하~

그리고
생각하자,

이난
2009

12

인생

'없는 것'을 불평하면서 징징거리고 살면 불행.

'있는 것'에 감사하면서 하하 웃고 살면 행복.

마음으로 봐야,
마음이 보인다
어린왕자
이비

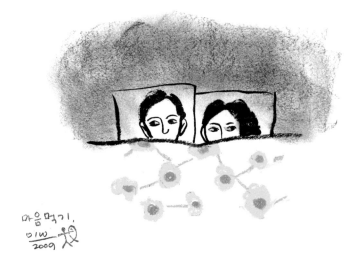

마음먹기,
이씨
2009

13
으라차차 하하하

박태환의 손갈퀴~

김연아의 하하하~

장미란의 으라차차~

나는 세 사람에게서 많은 것을 배운다.

박태환의 손갈퀴는 역경을 이겨낸 손갈퀴다.

어려서 천식이 심했고 그것을 이겨내기 위해 수영을 시작했다.

박태환의 손갈퀴가 위대한 것은

역경을 이겨내고 빛나는 금메달까지 캐냈기 때문이다.

김연아는 TV 인터뷰에서 이렇게 말했다.

저는 제 자신이 라이벌이에요.

남을 이겨야 한다는 생각보다

어제의 저를 이기는 것이 제 목표예요.

그래서 김연아는 하하하송을 부르며 웃을 수 있다.

무거운 역기를 들어올리는 장미란의 표정을 보라.

젖먹던 힘이 아니라 엄마 뱃속에 있었던 힘까지 뽑아낸다.

자신의 300퍼센트, 700퍼센트, 무한대의 힘까지 풀가동한다.

장미란인들 그 무거운 것을 들어올리기 쉽겠는가.

포기할 수 없어서, 무너질 수 없어서

죽기살기 도전하는 것이다.

우리가 아무리 힘들어도

박태환의 손갈퀴, 장미란의 으라차차,

김연아의 하하하송만 기억한다면

어떤 역경도 이겨낼 수 있다.

14

진화

1세 – 누구나 비슷히다.

　　못생기고 잘생긴 것을 구별할 수 없다.

9세 – 엄마보다 친구들이 더 좋다.

　　엄마의 잔소리가 없는 세상, 어디 없나?

19세 – 19금 영화, 19금 드라마도 볼 수 있다.

　　해방, 자유라는 단어를 가장 좋아한다.

29세 – 아직도 반항하고 싶어 한다.

　　내 생각이 최고! 나는 뭐든지 할 수 있다고 생각한다.

39세 – 걸핏하면 포기해 버리고 힘들면 술로 푼다.

　　출세만 할 수 있다면 까짓것 아부쯤이야!

49세 - 식탁에 오르는 어떤 음식도 믿지 않는다.

      세상의 어떤 사람도 믿을 수 없다.

59세 - 가슴속에 꿈이라는 단어가 사라진 지 오래다.

      누구도 매력적이라는 말을 해주지 않는다.

69세 - TV에 나오는 말을 빨리 알아들을 수 없다.

      노래도 뭔 소린지 웅얼웅얼 잘 들리지 않는다.

79세 - 귀신을 봐도 놀라지 않는다.

      자신이 귀신처럼 보일 때도 있다.

89세 - 한국 말도 통역을 해줘야 한다.

      운동은 숨쉬는 운동만 한다.

99세 - 가끔 조물주도 만만하게 느낀다.

      자신을 신(神)이라고 착각한다.

존재의 이유가
없다

15
개짱이

개미와 베짱이의 이야기는 간단하다.

개미는 열심히 일해서 먹을 것이 창고에 가득 쌓여 있다.

베짱이는 노래만 부르고 놀기만 해서 굶어 죽는다.

하지만 이 시대의 개미와 베짱이는 다르다.

개미는 죽도록 일만 해서 골병 들어 죽는다.

베짱이는 노래를 잘해서 무대로 진출, 부자가 된다.

그러나 어느 쪽이든 쏠림현상은 좋지 않다.

퓨전 인간, 개짱이가 되자!

일할 땐 미친 듯이 열심히,

놀 때는 미친 듯이 재밌게!

16
신호등

거리엔 신호등이 있다.

빨간 신호등이 켜지면 스톱, 파란 신호등이 켜지면 고!

그러나 인생엔 신호등이 없다.

빨간불, 파란불 내가 다 켜야 한다.

해서는 안 될 일, 안 될 말은 빨간 신호등을 켜야 한다.

해야 할 일, 해야 할 말은 파란 신호등을 켜야 한다.

그런데 우리는 곧잘 반대로 한다.

해서는 안 될 일, 해서는 안 될 말을 더 많이 하고 산다.

행복은 보여지 않는다
이노
2009

17
토끼가 거북이에게 진 이유

토끼의 목표는 거북이를 이기는 것이었다.
그래서 거북이가 한참 뒤떨어지자 느긋하게 잠을 잤다.
그러나 거북이의 목표는 산꼭대기!
그래서 토끼가 잠을 자건 말건
산꼭대기를 향해서 묵묵히 올라간 것이다.
당신의 목표는 무엇인가?

18
특별한 사람

영화 〈쿵푸 팬더〉에서 인생의 진리를 보았다.
국물에 특별한 비법이 있다고 소문난
장안 최고의 국수집이 있다.
주인은 아들에게만 살짝 그 비결을 가르쳐준다.
아들아, 특별한 비법은 없단다.
그냥 맹물을 넣고 끓이면 돼.
그러나 스스로에게
'난 특별해, 특별해.' 최면을 걸어야 한단다.

호박벌은 몸 길이가 2.5센티미터에 불과하다.
몸에 비해 날개가 너무 작고 가벼워서
과학적으로는 도저히 날 수가 없다.
그런데 초당 190번 날갯짓을 하고,
일주일에 1,600킬로미터를 날아다닌다.
스스로 날 수 있다고 믿기 때문이다.

가르쳐줄수
있나요.

이외수
2009

태어날 때부터 특별한 사람은 없다.
자기 자신이 특별하다고 믿고 살면
특별한 에너지가 솟아나온다.

19

눈의 풍경

눈[目]을 마음의 창이라고 한다.

그런데 사람마다 창의 풍경이 다르다.

어떤 사람의 눈에서는 반짝반짝 별이 쏟아진다.

순수 무공해 영혼으로 빛나는 사람.

어떤 사람의 눈에서는 레이저 광선이 휙휙 발사된다.

도전정신, 열정이 넘치는 사람.

어떤 사람의 눈에서는 총칼 같은 무기가 슈우웅~ 튕겨 나온다.

세상을 전쟁터로 생각하는 사람.

모든 사람을 라이벌, 적으로 간주한다.

어떤 사람의 눈에서는 낙엽이 우수수 떨어진다.

체념과 포기가 주성분이다.

그냥저냥 대충대충 적당적당 살아간다.

지금 당신 눈의 풍경은 어떤가?

20
감옥과 가능성

하얀 백지에 까만 점 하나를 그린다.

그리고 사람들에게 물어본다.

무엇이 보이나요?

– 하얀 백지요!

– 까만 점이요!

사람마다 보이는 것이 다르듯 인생도 다르다.

하얀 백지를 보는 사람에게 인생은 무한 가능성이다.

까만 점 하나를 보는 사람에게 인생은 꽉 막힌 감옥일 수 있다.

21

트랜스휴먼

앞으로 20년 안에 트랜스휴먼이 탄생한다고 한다.

이른바 인간과 사촌 형제가 될

'인간＋로봇'이 등장하는 것이다.

미래학자이자 MIT 교수인 코르데이로 박사의 주장에 의하면

트랜스휴먼은 인간과 거의 흡사하다.

우리의 친구가 이제는 사람이 아니라 로봇이 될 수도 있다.

어디 그것뿐인가.

가까운 미래에는 남자도 아기를 낳을 수 있다고 한다.

남자 몸 안에 자궁탱크를 만들면

얼마든지 임신이 가능하다는 것이

과학자들의 증언이다.

상상을 초월하는 도전의 끝은 도대체 어디인가!

22

인생부록

공자님이 말씀하셨다.

－나이 마흔이면 인생 불혹이다!

에이, 공자님도 뭘 모르셔~

요즘 스스로가 '인생부록'이라고 한숨 쉬는

불쌍한 40대들이 얼마나 많은데.

그러나 '불혹'이면 어떻고 '부록'이면 어떠랴?

나는 공자님에게 반기를 들고 싶다.

발칙하다고 야단을 맞아도 좋다.

나는 죽을 때까지 불혹은 NO~

'유혹진행형'으로 살 것이다. ^^*

쓸데 없는,
시간은 사실은없다
이상
2009

23
가훈과 인생훈

'대들보에 바퀴를 달아라!'

작은 동네 포목상으로 출발한 일본의 이온그룹을

현재 연매출 50조 원이 넘는 굴지의 그룹으로 키운 주인공은

오가타 타쿠야 회장.

그의 성공 비결은 바로 파격적인 대들보 가훈 덕분이었다.

대들보는 집 전체를 떠받치는 가장 중요한 기둥.

무슨 일이 있어도 움직일 수 없다.

하지만 변화무쌍한 현대 사회를 살아가려면

시대를 뛰어넘는 발상의 전환이 필요하다.

〈친절한 금자씨〉를 연출한 박찬욱 감독의 가훈도 매우 철학적이다.

'아니면 말고.'

우리 집 가훈, 나의 인생훈은 다음과 같은 사자성어다.

'하하호호!'

24
파란만장 통장

나는 가난한 남편을 만나서

기기묘묘한 역경을 이겨내면서 살아왔다.

이제 40년 가까운 그 시간을 되돌아보니

아, 고맙기도 하여라!

남편은 나에게 큰 선물을 주었다.

그가 내 손에 쥐어준 것은 '파란만장 통장'.

예금 통장은 100원 저축하고 100원 꺼내 쓰면 잔고가 없다.

그러나 파란만장 통장은 신기하다.

기쁨, 슬픔, 미움, 갈등, 고통······.

만나서 섞이면 행복이라는 큰 재산이 된다.

해리 포터만 마법을 부리라는 법 있나?

내 인생의 파란만장 통장은 날마다 마법을 부린다.

그래서 무제한 '행복 인출'이 가능하다.

바람이 보인다
이ㅁ
2009

25
이쁜 반대말

교회에서 목사님이 설교를 하시는데 할머니가 계속 응답을 했다.

– 아멘, 할렐루야!

옆에 있던 아줌마가 물었다.

– 어떻게 하면 할머니처럼 그런 믿음이 생기나요?

그러자 할머니가 대답했다.

– 오죽 안 믿어지면 내가 이렇게 소리를 지르겠어!

그렇다. 우리는 자주 헐리우드 액션을 해야 한다.

슬플 때일수록 아, 기뻐라~

울고 싶은 때일수록 아, 재밌어라~

'지겨워' '피곤해'를 입에 달고 살면 인생 정말 지겨워진다.

말은 힘이 세다. 말은 기적을 만들어낸다.

이쁜 반대말을 입술에 달고 살자.

아, 신나라~

아, 행복해라~

거짓말처럼 지겨움이 증발해서 날아간다.

닝기리,
시부렇

이이
2008 02

26

방부제

유명한 개그맨이 나에게 전화를 했다.

- 선생님, 저 요즘 우울해요.

  왜 이렇게 인생이 심드렁하죠?

- 우와~ 축하축하!

  그것은 당신이 방부제 처리가 안 됐다는 증거예요.

  방부제 뿌리면 상하지 않잖아요.

  인생에 방부제를 뿌리면 심하게 뻔뻔해지고 오만방자해지지요.

  우울하다는 것은 매우 착하다는 증거랍니다.

  정상적인 사람에게는 걸핏하면 찾아오죠.

  아주 정상적인 인생 프로그램이에요.

  그냥 우울증 강물에 푹 빠져버리세요.

  내가 수영복 하나 던져줄게. 자, 받아요~

  강물에 너무 오래 빠져 있으면 퉁퉁 불어서 팝콘처럼 부풀잖아요?

  실컷 수영했으면 얼른 나오세요.

개그맨은 호탕하게 웃어 젖혔다.

- 푸하하 ^*^ 선생님, 진짜 웃기셔!

본다는것의의미.
이[이]
2009

27

흑싸리 껍질

내 인생은 흑싸리 껍질이다.

흑싸리 10끗만 되어도

이렇게 파란만장하지 않았을 것이다.

그러나 그 흑싸리 껍질 같은 인생 덕분에

나는 인생의 벼랑 끝까지 갔다 왔다.

어마어마한 스펙터클 여행이었다.

인생의 벼랑 끝까지 아무나 갔다 올 수 있겠는가!

나는 팔광, 똥광, 사꾸라광, 비광, 솔광이 부럽지 않다.

흑싸리 껍질 내 인생이 아주 자랑스럽다.

28
사랑

괴테가 말했다.
하늘과 땅 그 사이 넓은 곳을 다 채울 것은
오직 하나

사랑밖에 없다!

사람들은
산을 이야기할 때
표면만 이야기한다,

이내
2009 想

29

횡설수설

성춘향과 이몽룡은 사랑이 이루어지지 않자 인당수에 몸을 던졌다.
이에 격분한 을지문덕 장군이 도시락 수류탄을 카바레에 던졌다.
카바레에서 춤을 추고 있던 심봉사가 눈을 번쩍 뜨며 하는 말.
나는 공산당이 싫어요!

횡설수설이란 바로 이런 것이다.
오죽하면 이렇게라도 짜깁기를 하면서
억지 편집을 하겠는가.
우리들의 인생이 이와 똑같지 않은가!

이것이 있으니까, 저것이 있고
이것이 없으면, 저것도 없다

30
향수

가끔 향수를 선물해 주는 사람들이 있다.
그런데 나는 아직 향수를 뿌려본 적이 없다.
어디까지나 나의 냄새로 버티겠다는 것이
현재 나의 향수 철학이다.
앞으로 변할 수도 있지만.

아버지냄새 이미
2009

31
상대적인 존재

인간처럼 복합적인 존재는 없다.
누구를 만나느냐에 따라서 완전히 달라진다.

A를 만나면 순정만화의 주인공처럼 순해 빠진 사람도
B를 만나면 무협소설에서 튀어나온 칼잡이처럼 돌변한다.
또 C를 만나면 라일락꽃처럼 향기롭게 피어나기도 한다.
혼자 있을 땐 고딕 활자처럼 무덤덤한 사람도
S를 만나면 초콜릿처럼 달콤해진다.
인간은 그렇게 상대적이다.
그래서 인간을 간단한 단어로 규정한다는 것은
매너가 아니다.

32
최고의 화장품

박장대소, 포복절도, 푸하하, 깔깔깔
웃으면 피부가 좋아져요!

마음으로
잘 그렸다

이상
2009

33
대박! 쪽박?

우리는 자기 인생 주식회사의 최고경영자다.
어떻게 사느냐에 따라
흑자인생, 적자인생이 된다.
대박인생, 쪽박인생이 된다.

우연히 만들어진 시간
이나
2009

34

END와 AND

별 것 아닌 일에도 성급하게 끝~
END 자막을 찍어버리는 사람이 있다.
마침표 END가 아니라
무한한 가능성 AND가 되게 하자.

조용히 살기!
나는 오줌
앉아서 오줌 눈다.

2008
이○ 최

35
거지

돈 없는 사람을 거지라고 부르지 마라.
진짜 거지는 추억이 없는 사람이다.

달도 드럽게
밝다
　이른
　2009

36

진수성찬

인생은 겨자 맛, 고추 맛, 후추 맛…….
다양한 맛의 진수성찬이다.
그러나 우리는 자기 입맛에 맞는 것만 원한다.
골고루 먹어야 건강에 좋듯
다양한 경험들이 인생에 플러스가 된다.

모든 것에는
이유가
있다
이내
2009

37
무지개

힘들 때는 생각하자.
이 비가 그치고 나면
파란 하늘에 무지개 뜰 거야.
이 엄동설한 지나고 나면
꽃피고 새 우는 봄이 찾아올 거야.

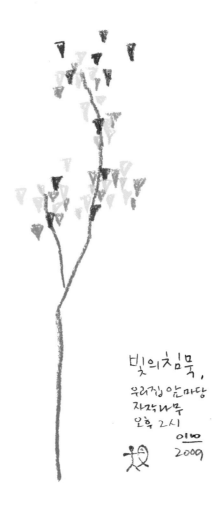

빛의침묵,
우리집 앞마당
자작나무
오후 2시

이□
2009

38
선택

어떤 상황에서도 우리에겐 3가지 선택밖에 없다.
체념하거나 도망치거나 도전하는 것!

첫째, 인생순종형.
무기력하다. 모든 것을 팔자려니 여기고 방관, 체념한다.

둘째, 인생반발형.
도망치거나 반항한다. 걸핏하면 사표를 내고 가출한다.

셋째, 인생개척형.
도전하고 부딪혀 본다. 실패도 재산이라고 생각한다.

39
버킷 리스트

영화 〈버킷 리스트〉를 보면서 생각했다.
내가 죽기 전에 꼭 하고 싶은 일은 무엇일까?

첫째, 킬리만자로 정상에 올라가기.
동반자는 3놈. 친절한 놈, 괴상한 놈, 재밌는 놈.

둘째, 돈 펑펑 써보기.
평생 근검절약 정신으로 살아왔으니
하루쯤은 돈을 마음껏 뿌려보고 싶다.
하늘에서 쏟아지는 함박눈처럼
세상을 향해서 펑펑 돈다발을 날리고 싶다.

셋째, 꿈 콘서트 열기.
10대에서 90대까지 꿈을 이야기하는 꿈 콘서트를 열고 싶다.
저마다 가슴속 비밀 창고를 열어서 행복하게 해주고 싶다.

넷째, 달나라 여행하기.
달나라의 '지구'라는 간판이 걸려 있는 찻집에 가서
차를 마시고 싶다.

하고싶을까, 이따
2007

40

지구본

장학사가 한 초등학교 교실을 시찰하고 있었다.

그가 학생에게 물었다.

– 이 지구본이 왜 기울어졌는지 이유를 아는가?

학생은 겁먹은 얼굴로 대답했다.

– 제가 안 그랬는데요!

장학사는 교사에게 물었다.

– 제가 이 학교에 부임하기 전부터 그랬습니다.

이번에는 교장에게 물었다.

교장은 확신에 차서 대답했다.

– 국산은 다 그래요! 그래서 내가 외제 사오라고 시켰는데!

이 우스갯소리를 그냥 웃고 지나가면 안 된다.

그 숨은 뜻을 찾아보자.

- 학생 = 제가 안 그랬어요. (책임으로부터 회피)

- 교사 = 제가 부임하기 전부터 그랬어요.

    (무기력한 매너리즘)
- 교장 = 국산은 다 그래요. (자기 것을 무시하는 사대주의)

살아가면서 누군가
'네 인생은 왜 그렇게 삐딱하지?'라고 묻는다면
어떤 대답을 할 수 있을까?

41

유재석과 강호동

요즘 젊은 사람들 사이에 화제가 되고 있는 말이 있다.

'유재석처럼 말하고 강호동처럼 행동하라!'

유재석은 겸손 또 겸손하다.

그러나 겸손에 플러스 알파가 필요하다.

강호동처럼 도전해야 한다.

겸손과 도전!

이 시대 우리가 꼭 가지고 다녀야 할 2개의 필수 카드!

눈이 부시다 이강
2009

42

역지사지

연애할 땐, '너 없으면 못살아~'
그런데 결혼하면 '너 때문에 못살아!'
이유는 무엇일까?
뭐든지 내 뜻대로
좌지우지(左之右之)하려고 하기 때문이다.
좌지우지는 갈등만 부른다.
상대방 입장에서 생각하는
역지사지(易地思之) 정신!
부부 사랑은 좌지우지가 아니라 역지사지에서 꽃핀다.

나는
당신때문에 아름답다
이노
2009

43
포기

우리가 버려야 할 악마의 에너지들은 아주 많다.
질투, 분노, 탐욕, 정욕, 허영, 두려움, 시기, 고민…….
그러나 그것들을 한 방에 날려버릴
블록버스터급 악마의 에너지는 단연코 하나다.
포기!
어떤 순간에도 포기만 하지 않는다면
우리는 다시 시작할 수 있다.

본능이날배신했다 이모 2009

44

표창장

나는 날마다 나 자신에게 표창장을 주고 싶다.
윤희야, 너는 오늘 하루도 열심히 살았어.
가진 것이라곤
오징어 다리처럼 질긴 자존심밖에 없는데
그 모든 어려움을 잘 견뎌낸
너의 우아한 맷집에게 이 표창장을 준다!
자존심을 이겨낸 맷집이여, 영원하라!

이o 2009

오늘을 산다는것이

끔찍할걸.

45

꽃씨

우리는 해마다 새해를 맞는다.

딩동댕~ 꽃씨 배달왔습니다!

365개의 꽃씨가 이쁜 핑크빛 리본에 싸여 우리를 찾아온다.

그 꽃씨를 꽃으로, 나무로, 숲으로

키워내는 사람이 있는가 하면,

꽃으로 피워내기는커녕

아예 썩혀버리는 사람도 많다.

꽃씨를 무엇으로 키우는가.

그것이 우리의 1년, 10년, 100년 인생이 되는 것이다.

정신적인 힘의 전달수단!
2008

46

불평

불평은 자기를 파괴하는 자살 폭탄.
자기를 향해서 던지는 수류탄이다.

나는
살기싫다
이빈
2009

47

선물

산타 할아버지가 두 사람에게 축구공을 선물했다.

- 우와, 신난다!

  열심히 운동해서 박지성처럼 세계적인 축구선수가 되어야지.
- 이크, 죽었다! 연습하다가 다리가 부러지면 어쩌지?

  절뚝절뚝 걷지도 못하게 되면 어쩌지?

모두 다 힘들다고 하는 경제 위기도 희망 씨와 절망 씨의 반응이
다르다.

- 희망 씨 – 두 배, 세 배 더 열심히 하면 될 거야.
- 절망 씨 – 우이씨, 도무지 앞이 안 보이네. 힘들어서 못살겠어.

신은 우리에게 축구공이 아니라
어마어마한 인생, 빛나는 선물을 주었다.
당신은 그 선물을 어떻게 대하면서 살고 있는가?

나없어도 잘만
돌아가는세상

48
행복의 3원소

이 세상에는 수억 종류의 식물과 동물이 살고 있다.
그 중에서 웃을 수 있는 오직 하나는 사람뿐!
하하^*^ 웃는 참새를 본 적이 있는가?
깔깔 뒤집어지는 개미, 바퀴벌레를 본 적이 있는가?

짝짝짝~ 박수를 칠 수 있는 것도 오직 사람뿐이다.
박수 치는 강아지, 돼지를 본 적이 있는가?
박수 치는 장미, 수선화를 본 적이 있는가?

도레미파솔라시도~ 노래할 수 있는 것도 사람뿐이다.
트로트, 발라드, 재즈, 랩…… 부를 수 있는 노래도 다양하다.

자, 이쯤에서 우리는 어떻게 살아야 하는지 확실해졌다.
웃고, 박수 치고, 노래하고 살아야 한다.
1원도 안 드는 행복의 3원소를
왜 그렇게 야금야금 아끼면서 사는가!

49

7명의 멘토

나의 인생 멘토는 7명.
그들의 삶을 통해서 인생 철학을 배운다.

제 1멘토, 링컨의 '유머'
링컨은 절망 속에서도 항상 웃음을 휴대품처럼 가지고 다녔다.
"웃음이 없었다면 나는 죽었을 것이다."라고 말할 만큼
국무회의 때도 유머집은 필수.

제 2멘토, 오도다케 히로타다의 '초긍정'
그는 말한다. 저는 팔다리가 없지만,
그래도 할 수 없는 것보다 할 수 있는 것이 훨씬 더 많아요!

제 3멘토, 오프라 윈프리의 '맞짱정신'
암담한 환경, 절망의 끝에서도
그녀는 당당하게 세상을 향해서 맞짱 떴다.
지금은 세계 최고의 토크쇼 진행자.

아름다움은 어렵다

제 4멘토, 조앤 K. 롤링의 '상상력'

그녀는 증언한다.

내가 인생의 밑바닥까지 가보지 않았다면

《해리 포터》는 탄생하지 않았을 것이다!

암담한 현실을 눈부신 상상력으로 뒤집어버린 조앤 롤링.

제 5멘토, 빌 게이츠의 '독서'

일어나서부터 잠들기 전까지 책을 손에서 놓지 않은 빌 게이츠.

제 6멘토, 정주영의 '무한도전'

도전을 무서워하는 직원들에게 그는 외친다.

"해보기나 했어?"

제 7멘토, 워렌 버핏의 '휴먼 파워'

그는 날마다 다른 사람들과 식사를 하면서 휴먼 파워를 키운다.

50
판단

사람은 3가지로 판단할 수 있다.

첫째, 분노를 어떻게 표현하는가?
둘째, 돈을 어떻게 사용하는가?
셋째, 얼마나 자주 웃는가?

시끄러, 이바
2009

51

헐크

이삼십 대의 내 안에는 헐크가 살았다.
어떤 극한 상황이 오면 나는 두두둑 실밥이 뜯어지면서
생각지도 못할 괴물로 변하곤 했다.
사오십 대에도 헐크는 자주 출현했다.
그러나 지금은 기운이 빠져서 그런지
헐크는 사라지고 맹구가 자주 나타난다.
이빨 빠진 맹구는 나에게 말한다.

맹구 없~다. 나 찾아봐라~

내가,
우는것같다
웃는것같다.

이빈
2009

52
그래서 인생

어떤 날은
롤러코스터 타듯이 쌩~ 곤두박질도 치고!
어떤 날은
수상스키 타듯이 슝~ 날아오르기도 하고!
또 어떤 날은
겨울 보리밭처럼 짓밟히기도 하고!

밋밋 닝닝 덤덤…… 하면 먼 재미랑가?

53
뚝배기

나는 밀가루 반죽 상태로 결혼했다.

불과 22살에 결혼했으니 무엇을 알았겠는가.

그리고 23세에 엄마가 되었다.

밀가루 반죽이 엄마로 살고 아내로 살다 보니 예술작품이 되었다.

누구를 만나느냐에 따라 작품의 종류가 달라진다.

깨지기 쉬운 사기 접시, 간장 종지로 만들어지는 사람도 있는데,

나는 남편을 잘 만난 덕분에 뚝배기가 되었다.

뚝배기는 아무리 뜨거운 불 위에 올려놔도 깨지지 않는다.

오히려 맛있는 음식을 만들어낸다.

고생하고 살 때는 남편을 원망하기도 했지만,

긴 시간 살아보니 이렇게 고마울 수가!

나는 남편에게 날마다 진심으로 감사한다.

자기야, 고마워!

사랑의 무거움
사랑의 가벼움
운율사이의 석탑

54
맘마미아

영화 〈맘마미아〉의 첫 대사는 다음과 같이 시작한다.

동화를 믿는 사람에게만 '기적'은 찾아온다.
기적을 믿는 사람에게만 '미래'는 찾아온다.
노래하는 것으로 하루를 시작하라.
어떤 고통도 노래를 부르면 사라진다.

나는
니가 부럽다

ono
2009

55

폐경기

폐경기가 힘들다고 말하는 사람에게 나는 말했다.
아니, 초경할 땐 그렇게 좋아하더니!
폐경은 왜 그렇게 박대하나요?
들어올 때가 있으면 나갈 때가 있는 것이 당연한 법.
들어올 때는 가족들이 꽃도 선물하고
요란뻑적지근하게 이벤트도 해주면서,
나갈 때는 조용하길 바라다니 불공평하지 않나요?
폐경 입장에서 생각하면 충분히 이해할 수 있어요.

부담스런 침묵
이빈
2009

56

재수

내게는 하루에도 수십 통의 상담 이메일이 온다.

이혼하고 싶다는 여자들도 참 많다.

내가 묻는 첫 질문은 다음과 같다.

－때리냐, 안 때리냐?

남편이 돈을 못 벌어서 이혼하겠다는 여자들에게

나는 막 야단친다.

당신, 그러다가 천벌 받는다.

돈을 못 버는 남편이 더 괴롭다.

남편이 돈을 못 버는 것은 당신이 재수가 없어서다!

내가 그 산증인이다.

남편이 하는 일마다 실패할 때 나는 생각했다.

남편이 무능해서 내가 이 고생이라고.

그렇게 사니 마음이 지옥이었다.

날마다 지옥으로 살 수는 없었다.

그래서 마음을 바꿨다.

그래, 남편이 무능해서가 아니라

내가 재수가 없어서 안 되는 거야.

마음 하나 바꾸니 거짓말처럼 남편이 피해자가 되었다.

나는 미안해서 남편을 상감마마로 부르기 시작했다.

그랬더니 모든 일이 잘 풀려 나갔다.

재수는 그런 것이다.

누가 거저 주는 것이 아니라 내가 직접 만드는 것이다.

57
고객 제 1호

이 시대를 '고객 까무러치기 시대'라고 한다.

고까시대!

그렇다면 내 인생의 고객 제 1호는 누구일까?

바로 자기 자신이다.

고객 2호는 배우자.

고객 3호는 아이들.

그 다음부터 부모, 형제, 친구, 친척, 동료, 이웃 등등.

고객 1호를 자기 자신이라고 생각하면

함부로 살 수 없다.

왜?

자기 자신에게 까무러치기 서비스를 해줘야 할 것 아닌가.

이세상에
하나밖에
없는꽃

이△
2009

58

손가락

우리는 흔히 힘든 일은 '너'부터 해야 한다고 생각한다.

그리고 남을 향해서 손가락질을 한다.

너부터 해, 너부터 고쳐!

그러나 손가락을 자세히 바라보라.

하나는 남을 향하고 있지만

3개는 나를 향하고 있다.

힘든 일, 귀찮은 일은 나부터 시작해야 한다.

나부터 고쳐야 한다.

불공평
하다
용성
2009

59
나이 늘어 좋은 것

첫째, 여유가 생긴다.
초소형 미니스커트처럼 좁았던 마음이
플레어스커트처럼 넉넉해진다.
밴댕이 소갈머리로 사사건건 트집을 잡던 꽁알쟁이가
웬만한 일은 다 이해한다.
그럴 수도 있지 뭐. 괜찮아, 괜찮아.

둘째, 사람을 읽을 수 있다.
그래, 저 사람은 한 장만 넘기면 오돌토돌한 그림이 있어.
고딕 활자가 튀어나올 거야.
저 사람 마음속에는 송곳이 있네.
다 보인다, 다 보여.
새끼발가락에 티눈 있는 것은 몰라도
마음속의 티눈은 읽을 수 있다.
가끔 용하다는 소리도 듣는다.

셋째, 욕망이 줄어든다.

나이가 들면 욕망은 줄어들고 소망은 커진다.

욕망은 남의 것을 빼앗아야 내 것이 채워지는 것,

소망은 나도 행복 너도 행복,

다른 사람도 다 잘 되기를 바라는 것.

60

질문

인생이 뭐냐고 물으니 직업마다 달랐다.

- 비행기 조종사

  인생은 비행기다. 무겁지만 새처럼 가볍게 날 수 있으니까.

- 수학 선생님

  인생은 2의 제곱근이다. 영원히 풀 수 없는 수수께끼니까.

- 약사

  인생은 코팅한 약이다. 겉은 달콤하지만 속은 쓰니까.

- 의사

  인생은 감기다. 힘들어도 견딜 만하니까.

내가 아는 한 가장 탁월하게 대답한 사람이 있다.

프랑스의 작가 장 폴 사르트르는 말했다.

인생은 B(birth)와 D(death) 사이의 C(choice)다.

태어나서 죽을 때까지

매 순간 선택을 해야 하니까!

나는 니가
더 부럽다
이말 정
2009

61

1퍼센트

침팬지와 사람의 유전자는 거의 똑같다.

차이는 불과 1퍼센트!

그런데 사람과 침팬지가 살아가는 모습은

하늘과 땅 차이다.

1퍼센트가 엄청난 차이로 팽창하는 것이다.

62
표징

얼굴 표정은 인생 명함이다.
어떻게 살아왔느냐를 보여주는
삶의 이력서요 신용증이며
행복 증명서이다.

나처럼
살지 말아라
이ㄴ
2009

63
해독제

웃음은 슬픔의 해독제.
웃음은 고통의 해독제.

하하하
멍멍멍
이산
2009

64
뻔뻔형 리더

옛날엔 어흠~ 군림하는 권위형 사람들이 리더가 되었다.

그러나 요즘은 유머지수가 높은 뻔뻔(fun fun)형,

가슴 따뜻한 형님누나형,

손해 봐도 허허 웃는 푼수형이 리더가 되는 시대다.

나는
나처럼
친절한
사람을 본적이
없다 이빨
2009

65
캉캉 춤

누군가를 만났을 때 맞장구를 치면서
정열적으로 리액션을 보여주는 사람.
별 것도 아닌 일에 깔깔깔 웃으면서 뒤집어지는 사람.
그런 사람들에게 나는 말한다.
당신의 세포는 캉캉 춤을 추고 있군요!
그들은 누구에게나 인기다.
반면 세포가 쿨쿨 잠자고 있는 사람도 있다.
무반응, 무덤덤.
그런 사람은 누구나 거부한다.

계속,
아프고싶다
이범
2009

66

부작용

결혼의 부작용은 서로에게 '중독'되는 것이다.

마음에 안 든다고 투덜거리면서도

없으면 답답하고 궁금해진다.

20대 대학생이 이메일을 보내왔다.

– 저희 부모님은 참 이상해요.

　함께 있으면 서로 싫다고 부들부들 떨어요.

　그런데 잠시만 없어도

　'엄마 어디 가셨냐?' '아빠 어디 가셨냐?' 찾으신답니다.

　아내 홀릭, 남편 홀릭 같아요.

나는 답장을 썼다.

– 어머, 나도 그러는데!

단한번도
사랑한다
말못했다 이오
2009

67

있을 자리

밥알은 밥그릇에 붙어 있을 때 아름답다.
TV 모니터나 지갑에 붙어 있으면 생뚱맞다.
우리도 자기 자리를 찾아야 한다.

길을
잃어버렸다
이일
2009

68
인생 출납부

금전 출납부를 작성해야 돈 관리를 효율적으로 할 수 있다.

지출보다 수입이 많아야 흑자 출납부가 된다.

그러나 인생 출납부는 다르다.

들어오는 돈이나 마음보다

내가 남에게 주는 마음, 기쁨이 더 많아야 한다.

받기만 하는 사람은 적자 인생.

잘 주는 사람이 흑자 인생.

왔다가 떠나고
어디서 왔는지조차 모르고

이LG
2009

69

최선

호랑이는 토끼 한 마리를 잡을 때도 전심전력을 다해 달린다.

작은 일을 할 때도 최선을 다해야 한다.

대충대충, 적당적당, 껄렁껄렁 하면 안 된다.

놀이날아이는
굽지않는다
이빌
2009

70

연꽃

연꽃은 자신이 감당할 만한 빗방울만 싣는다.
감당할 수 없는 무게가 되면 미련 없이 털어버린다.
그래서 연꽃은 그윽하고 향기롭다.

빨간 꽃이다

이ㄴㅇ
200の 人

71
천사 상상

어느 날 나는 하늘나라에 가서
하루 종일 천사들과 친구하며 놀았다.
나도 천사가 된 것처럼 한없이 깨끗해졌다.

가끔 상상 속에서라도 천사가 되고 싶다.
짝퉁 천사도 천사 비슷하게 착해지지 않을까?

72
코이

우리가 기르는 관상어 중에 '코이'라는 잉어가 있다.
이 잉어는 자라는 곳에 따라 성장 크기가 다르다.
작은 어항에 넣어두면 5~8센티미터,
큰 수족관이나 연못에 넣어두면 15~25센티미터,
강물에 방류하면 90~120센티미터까지 성장할 수 있다.
숨 쉬고 활동하는 세계의 크기에 따라
조무래기가 될 수도 있고, 대어가 되기도 한다.
사람도 마찬가지다.
열망이 클수록, 꿈이 클수록
빛나는 인생을 살아간다.

사람에 대한 너에 의, 2009 이ㅁ

73
먹이

제자가 스승에게 물었다.

– 제 안에는 2마리의 개가 살고 있습니다.

한 마리는 긍정적이고 사랑스럽고 온순합니다.

또 한 마리는 아주 사납고 매사에 부정적인 놈입니다.

이 2마리가 항상 제 안에서 싸우고 있습니다.

어떤 녀석이 이기게 될까요?

스승은 짧게 대답했다.

– 네가 먹이를 주는 놈이다!

너무
무겁습니다
이ㅆ
2009 想

74
명랑 유전자

일본 스쿠버 대학교의 무라카미 가즈오 교수는
'유전자의 혁명'을 주장한다.
화를 내고 징징거리면 세포는 쪼그라들지만
깔깔 낄낄 웃고 살면 세포가 활짝 피어난다!
그렇다면 세포도 성형수술이 가능하다는 뜻?
그래서 나는 명랑 유전자 만들기에 도전했다.
아침에 일어나면서부터 까르르 웃기 시작한다.
산에서 운동하는 동안에도 혼자 그냥 웃는다.
푸하하 가가갈 ^^
확실히 나는 달라졌다.
옛날 사진을 보면 얼굴도 표정도 깜깜하다.
징징 유전자의 횡포로 심히 불행해 보였다.
하지만 지금 내 세포는 명랑 유전자로 완전 리모델링되었다.
내가 봐도 인상이 확~ 달라졌다.
원가는 1원도 들지 않는다.
무조건 웃으면 된다!

우리의 소원
배타고배타기.
이씨
2009

75
남편 사용설명서

결혼생활에 대한 환상을 가지고 시작하면

날마다 싸울 수밖에 없다.

결혼은 고난도 프로젝트,

끝이 보이지 않는 007 첩보작전,

〈미션 임파서블〉 영화 찍기보다 더 힘들기 때문이다.

결혼생활 40년을 거뜬히 이겨낸 최윤희는

부부 관계 및 결혼생활 전문가답게 그 비결을 말할 수 있다.

일단 남편 사용설명서부터 알아둘 것.

1. 결혼하면 손에 물 한 방울 안 묻히게 해준다는 말.

    완존 뻥튀기, 팝콘이다.

    결혼하면 곧바로 돌변한다. 물 떠와라, 밥 차려라~

    남편들 지 손에 물 안 묻히겠다는 반어법!

2. 평생 아내만 사랑하겠다고 맹세한 말.

    하이고, 차라리 한강물을 몽땅 퍼다 주겠다고 약속을 하시지?

신혼여행 가는 비행기 안에서부터
이쁜 여자 보면 곧바로 눈길 돌아간다.
눈치코치 없이 '자기 나 사랑해?' '나 이뻐?' 등의
낭만적인 고백을 강요하면
완전 작동금지, 정전사태가 올 수도 있다.

3. 혹시 비실비실하더라도 '그렇게 약해서 어디 써먹겠느냐?'고
   비아냥거리지 말고 살살 달래서 써먹을 것.
   차라리 아내가 먼저 '칭찬그라'를 남발하는 것이
   남자의 능력을 풀가동하는 지름길이다.
   '자기가 최고야!' '당신 멋져부러~'
   꽃보다 돈! 외치지 말고 꽃보다 남편!
   입만 열면 '남편 만세' 삼창을 외쳐라.
   남편은 자발적 돌쇠가 된다.

76
아내 사용설명서

아내는 매우 복잡다단해서 다양한 캐릭터가 있다.

1. 돋보기형
   탐정 스타일이다. 무엇이든지 다 알려 하고
   꼬치꼬치, 호시탐탐, 사사건건 이리저리 맞춰보고
   두고두고 곱씹는다.
2. 상학사형
   어머니 스타일이다. 끊임없이 잔소리를 해대며
   남편을 남편이 아니라 아들처럼 대한다.
3. 평생 채권자형
   알라딘 스타일이다. 남편을, 문지르기만 하면
   무엇이든지 해주는 요술램프처럼 생각한다.
   요구 조건이 끝도 한도 없다.

77
기적의 불로초

이 시대 기적의 불로초는 3가지다.

운동, 소식(小食), 웃음!

78
행복 점수

행복 점수는 나이 들수록 점점 낮아진다고 한다.
시험 점수는 선생님이 정하지만
행복 점수는 내가 스스로 매긴다.
다른 사람이 보기엔 행복한 사람도
스스로 불행하다 생각하면 행복 점수 빵점, 행복 낙제생이다.
다른 사람이 보기엔 힘들어 보여도
스스로 행복하면 행복 만점, 행복 우등생!

난,
길을
잃었음
강향씨음
2009.00.16

79
욕사마

남편은 국제 신사다.

나는 다시 태어난다면

국제야수협회 사무총장과 결혼하고 싶다.

남편은 일관되게 정중하고 또 진지하다.

싸모님, 입술을 3초 동안 방문해도 될까요?

심호흡 300번쯤 한 후에 초인종까지 눌러대니.

나는 속 터지는 만두부인~

에라이, 프리지어꽃 같은 인간아!

욕사마가 되어 남편을 째려본다.

나를 욕사마로 만드는 남편.

고마워요,

내 가슴을 푹푹 썩게 해서 퇴비로 만들어주었으니!

난 정말
행복할걸,
이내想
2009

80

힘 좀 빼!

백수의 왕 호랑이는 고민에 빠졌다.
나는 힘도 젤 세고 젤 멋진데
왜 내가 나타나면 모두 으악 하고 도망갈까?
호랑이의 고민을 알아챈 영리한 다람쥐가
높은 나뭇가지 위에서 이렇게 말했다.
– 호랑이 아저씨, 그러니까 힘 좀 빼!

아, 햄좀 써 봐,

81

역전

인생은 멋지게 180도 역전시킬 수 있다.
자, 지금 인생의 끝이라고 생각하는 당신도
다시 한 번 자신을 향해서 외쳐보자.
"난 할 수 있어! 저 사람도 하는데 난 왜 못해?"
미국 속담도 외쳐보자.
일곱 번 넘어지면 여덟 번 일어나라!
Fall seven times, Stand up eight!

나는 살곳이 필요하다.
으쓰
2009

82
유치뽕

톱스타나 엑스트라나 사람 사는 건 비슷하다.
재벌이나 가난한 사람이나 하루 세 끼 먹는 건 똑같다.
옥탑방이나 타워팰리스나 사는 건 거기서 거기.
잘났다고 으스대는 사람은 유치뽕!
잘났다고 잘난 척할 것도 없고
못났다고 기죽을 것도 없다.

우리 거리를
좀 두자, 이반
2009

83
배려

생수 먹고 싶은 사람한테 빨간약 발라준다 하면 되겠는가?
그 사람이 원하는 것에 마음을 쓰는 것이 바로 배려다.
배려는 사랑과 관심에서 나오는 이쁜 감성 소나타.
가슴을 통째로 흔든다.

the flavor of art

84
4비 시스템

나는 사람들에게 말한다.

최윤희는 4비 시스템으로 살아요.

'비'굴하고 '비'열하고 '비'실비실…… 그리고 '비'싸요!

85
못난이

잘난 사람들만 사는 가정은 불행하다.
무슨 일이 터지면 상대방 탓을 한다.
니가 그랬잖아! 너 때문이야!
컵이 날아가고 창밖으로 고함 소리가 흘러나온다.

못난이들만 사는 가정은 평화롭고 행복하다.
미안해, 내 탓이야. 내가 잘못해서 그래.
이 못난이를 용서해줘.

들리지 않는
날부르는 소리가
들린다 이ㅇ
,2009

86
줄기세포

싱싱 에너지의 줄기세포,
희망 에너지의 줄기세포를
배양할 수 있다면 얼마나 좋을까?

심금을 울렸다
0901 이미

87
인생 성적표

세 사람이 죽어서 옥황상제 앞에 갔다.

옥황상제가 물었다.

– 너희들은 어떻게 살았느냐?

· 남자1 : 저는 10명의 여자와 살았습니다.

　　　　 한 명의 아내, 어머니, 장모님, 딸들, 동생들······.

– 하이고, 고생이 많았구나. 특실을 주도록 해라.

· 여자1 : 저는 한 명의 남자와 살았습니다.

– 하이고, 너도 고생이 많았구나. 전망 좋은 방으로 안내해라.

· 남자2 : 저는 결혼도 안 하고 바람만 실컷 피우며 살았습니다.

– 이런 못된 넘! 저 넘은 지 멋대로 살았으니

　 불가마 속으로 처넣어라!

당신의 인생 성적표는?

나는 보이는것만 믿는다

이오
2009

88

현찰

돈을 벌려면 투자를 해야 하듯이
내일을 벌려면 오늘을 투자해야 한다.
과거는 시효가 지난 폐기수표,
미래는 약속어음,
현재는 지금 당장 사용이 가능한 현찰!

눈을감으면진실이
보인다, 이ㅃ
2009

89

원자로

원자로 핵심기술의 99퍼센트는

뜨겁지 않게, 미지근하게 열을 유지하는 것이다.

그렇다면 사랑은 용광로, 결혼은 원자로다.

사랑할 땐 뜨겁지만

결혼하면 미지근하게 오래 오래 열을 유지해야 한다.

모든것은
다 사소하다, 이미
2009

90

보석 백화점

마음은 보석 백화점이다.

기기묘묘한 보석들이 다 있다.

남을 배려하는 다이아몬드,

자기 자신을 뛰어넘는 에메랄드,

역경을 이겨내는 진주.

어떤 도둑도 내 마음속 보석은 훔쳐갈 수 없다.

바람이
그때
그 향기를
가져다
주면 좋겠다

이ᄊ
2009

91

필수품

인생 여행을 위한 배낭 속 짐은
가벼울수록 좋다.
그러나 딱 한 가지 꼭 가져가야 할 필수품은
희망!

92

정모양처

쩐모양처. 돈, 돈, 돈, 돈만 밝힌다.
현모양처. 내 자식, 내 남편, 내 가족만 밝힌다.
정모양처. 두루두루, 좌우팔방 많은 사람들에게
정을 무료 분양해 준다.

삶의또다른제안
2009

93

LIFE

영단어 'LIFE'를 들여다보면 그 중심에 'IF'가 들어 있다.
그 심오한 의미를 생각해 본 적이 있는가?
인생은 '만약……' 이라는 가정,
이를테면 꿈, 희망, 상상이 없다면
살아갈 수 없기 때문이다.

오늘도,
감사합니다
이서
2009

94

부모

어머니, 나이 들수록 몸은 은박지처럼 얇아지지만
그 사랑은 무한 무궁 바다보다 더 깊다.
산보다 더 높다.
아버지, 강철처럼 강해 보이지만 초승달 그믐달처럼 외롭다.
그 몸 하나로 가족을 책임져야 하고
세상을 다 비춰야 한다.

LET itBE

나에관한전설, 이내
2009

95
시력

사랑은 시력을 멀게 한다.
그러나
결혼은 시력을 되찾게 해준다.

유효기간
이써
2009

96
스킨십

사랑하는 가족끼리 하루도 거르지 말아야 할
스킨십 3종 세트는?
손 잡기, 포옹, 쪽쪽 뽀뽀!

행복은
보이지 않는다
이ㄴ
2009

97

겨우 그거밖에 안 돼?

〈영화는 영화다〉라는 영화에서 주인공 소지섭은
주먹 한 방에 쓰러지는 깡패를 향해서 비웃음을 날린다.
－겨우 그거밖에 안 돼?
나는 무너지고 싶을 때마다 나 자신에게 그 멘트를 날린다.
최윤희, 겨우 그거밖에 안 돼?

98
애창곡

나의 애창곡은 내가 작사, 작곡했다.
딱 두 줄이라 외우기도 쉽다.

뛰어보자, 폴짝!
무찌르자, 절망!

99

잔고 무한대

현금 인출기는 현금이 없으면 나오지 않는다.

그러나 사랑 인출기, 배려 인출기, 행복 인출기, 용서 인출기,

이해 인출기, 웃음 인출기, 칭찬 인출기는 잔고가 무한대다.

예술의 모든 원재료는 그리움이다 이ㅄ
2009

100

명품 인간

웃음과 배려, 진실과 성실이
당신을 명품 인간으로 만들어준다.

나무는 언제나 늘 거기 있어서 좋다
이ㅁ
2009

101

축복

일본에서 '경영의 신'이라 불리는 마쓰시타 고노스케는
성공 비결을 3가지로 말했다.

첫째, 나는 몹시 가난했다.
그래서 구두닦이, 신문팔이 등 닥치는 대로 일을 했다.
그 다양한 경험들이 오히려 내 인생을 풍부하게 해주었다.
둘째, 나는 몸이 매우 약하게 태어났다.
그래서 항상 운동에 힘썼기에 늙어서도 건강하게 지낼 수 있었다.
셋째, 나는 초등학교도 다니지 못했다.
그래서 나는 모든 사람으로부터 배웠다.
모든 사람이 내 인생의 스승이다.

102

천진난만

세상에 태어난 지 무려 63년.

그런데 아직도 3살 어린이의 천진난만함을 간직한

사람이 있다면 믿겠는가?

바로 이외수 선생님이 그 주인공이다.

강원도 화천에 가서 국회입법부가 주최하는 토론을 했다.

국회입법부가 주최했지만 이외수 선생님과 함께했기에

지극히 낭만적인 토론이 되었다.

얼굴엔 세월의 흔적이 무자비하게 남아 있지만

영혼은 그야말로 무공해 순결!

천진난만한 그의 어록 중에서 하나만.

천상병 시인이 이외수에게 물었다.

- 외수야 외수야 외수야~ 너 머리 언제 깎을 거냐?

이외수가 대답했다.

- 중광 스님이 기르시면 제가 깎겠습니다.

배고프다 오 2009

인생 여행을 위한 배낭 속 짐은
가벼울수록 좋다.
그러나 딱 한 가지 꼭 가져가야 할 필수품은
희망!

하필 나에게 '왜' 이런 일이?

살다 보면 뜻밖의 위험, 역경, 고통들이 찾아오게 마련이다. 우리는 대개 예기치 않은 시련 앞에서 일단 거부부터 한다. 반항하고 분노한다. 하필 왜 나에게 이런 일이 생겼단 말인가?

나 역시 마찬가지였다. 끝없는 실패, 실패, 또 실패. 도대체 이 실패의 끝은 어디인가? 왜 운명은 나에게만 유독 매서운 회초리를 내리치는 것인가?

나는 지구 밖으로 도망가버리고 싶었다. 인생의 마침표를 찍고 모든 것을 끝내고 싶었다. 그러나 어떤 경우에도 살아야 하는 것이 인간! 살아내는 것밖에 나에겐 재주가 없었다. 그래서 살았다.

토크쇼 진행자로 유명한 오프라 윈프리는 스탠포드 대학교 졸업식에서 다음과 같은 축사를 했다.

졸업생 여러분, 사회에 나가면 예상치 못한 역경들이 찾아

올 것입니다. 그때마다 우리는 분노하고 거부합니다.

왜 하필 나에게 이런 일이 일어나야 하는가?

그러나 그런 질문은 당신에게 어떤 도움도 주지 않습니다.

오히려 에너지만 낭비할 뿐이죠.

그럴 때마다 역발상을 하세요.

이 역경을 통해서 내가 무엇을 배울까?

누구에게나 역경은 항상 찾아옵니다. 그것이 인생입니다.

그러나 그 역경은 당신에게 뭔가를 가르쳐주기 위해서 찾아오는 것입니다!

사촌오빠, 엄마의 남자친구 등 주변의 남자들에게 아홉 살부터 성폭행을 당하고 14살의 어린 나이에 미숙아까지 사산해야 했던 오프라 윈프리. 그녀의 말이기에 더 아름답고 감동적이다.

나 역시 이제야 비로소 오프라 윈프리의 말을 받아들일 수 있다.

고비고비 인생 언덕을 넘어왔기에 공감 또 공감할 수 있다. 공감을 뛰어넘어 오프라보다 더 찐한 말도 하고 싶다.

나를 힘들게 하고 슬프게 했던 갖가지 시련들은 지나고 보니 결국 시련이 아니었다. 내 인생의 대박 복권이었다! 시련의 탈을 쓴 행운이었다!

세상은 거대한 '실험실'이다. 내가 원하지 않는 실험, 도망가고 싶고 피하고 싶은 실험도 해야 한다. 기기묘묘한 실험을 강요하는 것이 바로 운명이다. 운명은 시련을 던져주고 내 능력을 꺼내 사용하라고 부추긴다. 그리고 그 시련을 이겨내면 찬란한 인생을 보너스로 선물받는다고 속삭인다.

'하필 나에게 왜 이런 일이?'라고 생각하면 능력은 사라지고 미래는 주저앉는다. 스스로의 인생을 무너뜨리는 테러리스트가 되는 것이다.

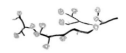

자, 우리는 할 수 있다! 반드시 해내야 한다!
어떤 어려움도 뒤집어버릴 수 있다.
고통의 샅바를 잡아라!
역경의 핵을 날려라!
인생의 신비, 운명의 기적을 믿는다면
당신에게선 놀라운 힘, 미라클 파워가 솟아날 것이다!

행복 디자이너 최윤희의
유쾌한 인생사전

초판 1쇄 발행 2009년 5월 8일
초판 2쇄 발행 2009년 8월 28일

지은이 | 최윤희
그린이 | 전용성
펴낸이 | 한 순 이희섭
펴낸곳 | 나무생각
편집 | 정지현 이은주
디자인 | 이은아
마케팅 | 김종문
관리 | 김하연

출판등록 | 1998년 4월 14일 제13-529호

주소 | 서울특별시 마포구 서교동 475-39 1F
전화 | 02)334-3339, 3308, 3361
팩스 | 02)334-3318
이메일 | tree3339@hanmail.net
홈페이지 | www.namubook.co.kr

글 ⓒ 최윤희, 2009
그림 ⓒ 전용성

ISBN 978-89-5937-170-9 03810